LAROUSSE

Viaje al centro de la Tierra

Julio Verne

Adaptación al portugués: Lúcia Tulchinski
Ilustraciones: Cláudia Ramos
Traducción al español: Beatriz Mira Andreu y Mariano Sánchez-Ventura

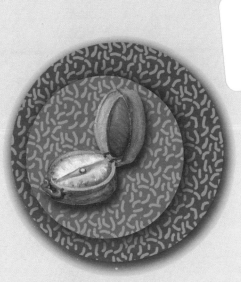

LAROUSSE

© 2001 Editora Scipione, Ltda.
"D. R." © MMIII por E. L., S. A. de C. V.
          Dinamarca 81, México 06600, D. F.
ISBN: 85-262-3867-1 (Editora Scipione, Ltda.)
ISBN: 970-22-0529-8 (E. L., S. A. de C. V.)
PRIMERA EDICIÓN

*Larousse y el logotipo Larousse son marcas
registradas de Ediciones Larousse S.A. de C.V.*

*Esta obra no puede ser reproducida, total o
parcialmente, sin autorización escrita del editor.*

Impreso en México – Printed in Mexico

Índice

El pergamino misterioso

Aquel domingo 24 de mayo de 1863, el profesor Otto Lidenbrock llegó más temprano que de costumbre a su residencia, en la ciudad alemana de Hamburgo. Entró apresurado, subió a su despacho y me llamó enseguida:

—¡Axel, ven aquí!

Además de trabajar como su asistente, soy su sobrino huérfano, y sabía que se trataba de una orden, no de una invitación. Otto Lidenbrock,

profesor de mineralogía, respetado tanto por las autoridades civiles como por los hombres de ciencia, era capaz de identificar cualquier especie mineral entre las seiscientas conocidas y no le gustaba ser contrariado. Al entrar en su despacho, lo encontré sumergido en su sofá de terciopelo, contemplando un libro. Era un hombre de cabello rubio, alto, delgado, y llevaba unos anteojos sobre la nariz. Un tipo excéntrico sin duda alguna.

—¡Qué libro! ¡Qué libro!, gritaba.

Parecía tan sólo uno más de aquellos viejos volúmenes que abarrotaban las estanterías, pero fingí interesarme para no irritarlo.

—¿Se puede saber qué maravilla tiene usted entre las manos?

—Se trata de un libro escrito por Snorri Sturluson, el famoso autor islandés del siglo XII.

—¿Es una bonita impresión?, pregunté.

—¿Impresión? ¡Es un manuscrito rúnico, ignorante! Fue escrito íntegramente a mano. Y antes de que me lo preguntes, las runas, esos símbolos curiosos, eran las letras que se usaban antiguamente en Islandia. Son letras sagradas, pues de acuerdo con la tradición, fueron inventadas por el mismo dios Odín.

Mientras el profesor hablaba entusiasmado, un viejo papel se salió del libro y cayó en el suelo.

—¿Qué es esto?, preguntó sorprendido.

Era un pergamino antiguo. Observando el documento con interés, el profesor comentó:

—¡Está escrito en islandés antiguo! ¿Qué significará? ¿Quién será el autor?

Los caracteres eran muy extraños. Su significado era un misterio. Los reproduzco aquí, pues ellos nos condujeron hacia la expedición más fantástica del siglo XIX.

—¡La sopa está servida!, anunció Marta, la sirvienta.

—¡Al diablo con la sopa, con quien la hizo y con quienes la tomarán!, gritó Otto Lidenbrock.

Bajé a comer, mientras mi tío devoraba con los ojos ese extraño papel. Era la primera vez, en sus cincuenta años de vida, que mi tío rechazaba la comida.

La solución del enigma

Apenas terminaba el postre, cuando el profesor exigió que me presentara en el despacho.

—¡Ayúdame, Axel! Vamos a sustituir cada uno de los símbolos rúnicos del pergamino por una letra de nuestro alfabeto. Debe haber un secreto oculto aquí y necesitamos descubrirlo.

Así lo hicimos. Sin embargo, sólo obteníamos palabras sin sentido.

—Se trata de un criptograma, un mensaje cuyo significado está oculto en las letras desordenadas. ¡Tenemos que descubrir la clave del enigma! El profesor comparó el libro y el pergamino:

—Las letras son diferentes. Hay detalles que indican que el pergamino fue escrito cerca de doscientos años después del libro. El autor de ese mensaje misterioso debe haber sido uno de los dueños del libro. Tal vez haya escrito su nombre en algún sitio...

Con ayuda de una poderosa lupa, mi tío examinó cuidadosamente las páginas del libro. En una de ellas encontró una pequeña mancha. Era lo que buscaba.

—¡Arne Saknussemm! Es el nombre de un importante alquimista del siglo XVI. Los alquimistas fueron los científicos de aquella época e hicieron grandes descubrimientos. Él debió ocultar algún invento notable en el pergamino.

—¿Qué razón tendría un hombre de ciencia para esconder un maravilloso descubrimiento?, pregunté.

—Pues bien, eso no lo sé, pero no voy a dormir ni a probar bocado hasta descubrir el secreto. Y tú tampoco, Axel.

Más tarde, el profesor Lidenbrock llegó a la conclusión de que el texto fue escrito en latín, el idioma de los sabios del siglo XVI, pero con las letras en desorden.

La clave para descifrar el mensaje seguía fuera de nuestro alcance, tan distante como la dulce Grauben, una joven irlandesa, ahijada del profesor Lidenbrock, que estaba en Altona, en casa de unos parientes. Ella, mi fiel compañera de trabajo y de asueto, y yo, también teníamos un secreto: nos habíamos hecho novios sin que nadie lo supiera.

Mi tío y yo hicimos algunas tentativas más que no dieron resultado. De repente, el profesor salió del despacho como un torbellino, sin decir adónde iba.

Me quedé ordenando las muestras de minerales y fumando mi pipa.

Al mirar el pergamino por la parte de atrás, me llevé una sorpresa.

Pude leer fácilmente palabras latinas, como *craterem* y *terrestre*, entre otras. Un rayo iluminó mi mente y, sin querer, descubrí la clave del enigma: el mensaje había sido escrito al revés. Di un par de vueltas alrededor del despacho para calmarme.

Entonces me senté en el sofá, respiré profundamente, tomé el pergamino y comencé a leer.

Me quedé petrificado. Decía que un hombre muy valiente había ido hasta… ¡era algo imposible de creer! Mi tío jamás debería saber la verdad, pues no sólo arriesgaría su vida, sino probablemente también la mía. Lo mejor era destruir aquel pergamino.

Justo cuando me disponía a arrojarlo al fuego de la chimenea, el profesor regresó al despacho. Apenas tuve tiempo de poner el documento sobre el escritorio.

Durante varias horas, mi tío intentó las combinaciones más variadas para descifrar el mensaje. Permanecí en silencio, convencido de que eso era lo mejor. El tiempo transcurría. Nadie cenó aquella noche.

Al día siguiente, cuando desperté, mi tío seguía buscando la solución. Me sentí culpable por ocultar lo que sabía, pero era por su bien.

Unas horas más tarde, Marta se disponía a salir para hacer las compras, pero encontró la puerta de la calle con el cerrojo puesto y sin la llave. Ya no había nada qué comer en casa, pero nadie osaría interrumpir al profesor.

Hacia el mediodía, el hambre era insoportable. Cuando el reloj marcó las dos de la tarde, decidí romper mi silencio, pues había llegado a la conclusión de que no valía la pena morir de hambre.

Además, era posible que mi tío descubriera la clave por cuenta propia sin darle importancia a lo que decía el pergamino.

—Tío, dije, ¿no será ésta la clave?

—¿Cuál clave?

—La clave del pergamino.

—Pero, ¿qué estás diciendo, Axel?

—Mire, si usted lee el mensaje de atrás para adelante…

—¡Ah, astuto Saknussemm!, exclamó el profesor.

Acto seguido, con gran emoción dio lectura al escrito.

—"Audaz viajero, desciende al cráter del Jokull de Sneffels, antes del inicio de julio, cuando llega a acariciarlo la sombra del Scartaris, y llegarás al centro de la Tierra. Eso fue lo que yo hice. Arne Saknussemm."

Mi tío parecía haber sufrido una descarga eléctrica, emocionado, se paseaba de un lado para otro. Movía muebles, amontonaba libros, revolvía las muestras de minerales. Finalmente se calmó, quiso saber la hora y dijo:

—Estoy muerto de hambre. Vamos a comer algo y luego, sin tardanza…

—¿Sin tardanza…?, pregunté.

—Harás mi maleta.

—¿Qué?

—¡Y también la tuya!

Sentí miedo tan sólo de pensar en lo que me esperaba, pero decidí no demostrarlo. Después del almuerzo regresamos al despacho.

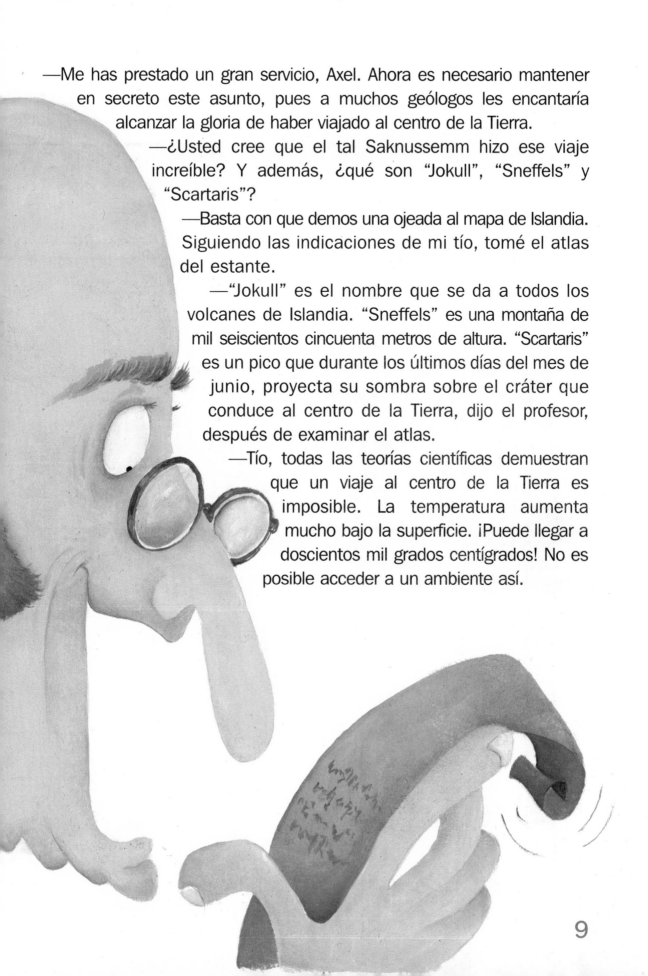

—Me has prestado un gran servicio, Axel. Ahora es necesario mantener en secreto este asunto, pues a muchos geólogos les encantaría alcanzar la gloria de haber viajado al centro de la Tierra.

—¿Usted cree que el tal Saknussemm hizo ese viaje increíble? Y además, ¿qué son "Jokull", "Sneffels" y "Scartaris"?

—Basta con que demos una ojeada al mapa de Islandia. Siguiendo las indicaciones de mi tío, tomé el atlas del estante.

—"Jokull" es el nombre que se da a todos los volcanes de Islandia. "Sneffels" es una montaña de mil seiscientos cincuenta metros de altura. "Scartaris" es un pico que durante los últimos días del mes de junio, proyecta su sombra sobre el cráter que conduce al centro de la Tierra, dijo el profesor, después de examinar el atlas.

—Tío, todas las teorías científicas demuestran que un viaje al centro de la Tierra es imposible. La temperatura aumenta mucho bajo la superficie. ¡Puede llegar a doscientos mil grados centígrados! No es posible acceder a un ambiente así.

9

—Axel, nadie sabe a ciencia cierta lo que pasa en el interior del globo terráqueo. Es posible que, a ciertas profundidades la temperatura alcance un límite y ahí se detenga.

Mi tío estaba decidido a hacer ese viaje de locos. Salí para tomar el aire. Caminé hasta la carretera de Altona y enseguida me topé con mi querida Grauben, que regresaba a casa. Me dijo sorprendida:

—¡Axel! ¡Vienes a encontrarme en el camino!

Grauben notó inmediatamente que yo estaba inquieto y preocupado. Le conté todo sobre el pergamino y el viaje.

—Será un hermoso viaje, Axel. Un viaje digno del sobrino de un gran hombre de ciencia.

"El principio de julio aún está lejos y muchas cosas pueden suceder antes de eso, incluso que mi tío cambie de idea", pensé.

Cuando llegamos a casa, encontramos al profesor muy agitado.

—Por fin llegaste, Axel. ¡Date prisa! Tenemos que hacer nuestro equipaje.

—¿Estamos a punto de partir?, pregunté asustado.

—Mañana al amanecer, a primera hora.

—Pero si apenas estamos a 26 de mayo…, intenté argumentar.

—¿Piensas que es fácil llegar a Islandia? Necesitamos estar allí cuanto antes para presenciar el momento en que la sombra del Scartaris se proyecte en el cráter del Sneffels.

La partida hacia Islandia

Cuando desperté a la mañana siguiente, tras una noche de agitadas pesadillas, mi tío estaba listo para partir. Frente a nuestra casa se amontonaban grandes provisiones de armas, instrumentos científicos y aparatos eléctricos. Había llegado la hora de despedirme de Grauben.

—¡Vete tranquilo, mi querido Axel! Dejas a tu novia, pero cuando regreses encontrarás a tu esposa.

Un carruaje nos condujo hasta la estación del tren, desde donde salimos rumbo a Kiel. El viaje en ferrocarril duró tres horas. El profesor permaneció callado durante todo el trayecto, con el pergamino oculto en una bolsa secreta de su carpeta de documentos.

En cuanto bajamos del tren, fuimos directamente al puerto para abordar un barco de vapor hasta Kosov. Pero como éste saldría hasta llegada la noche, nos vimos obligados a esperar siete horas; el profesor estaba muy irritado. El viaje a Kosov fue relativamente tranquilo. Sólo recuerdo la noche oscura, el mar agitado y un faro que pestañeaba en la lejanía. A las siete de la mañana llegamos a la pequeña ciudad de Korsör, desde donde tomamos el tren a Copenhague, capital de Dinamarca.

Durante el trayecto, desde la ventana del vagón vimos un manicomio y ante la locura que nos disponíamos a cometer, no pude dejar de pensar: "Es el lugar idóneo para terminar nuestros días". Desembarcamos en Copenhague a las diez de la mañana del día siguiente.

Nos dirigimos directamente al hotel Fénix. El profesor Lidenbrock me arrastró de inmediato al Museo de Antigüedades del Norte, un lugar curioso, lleno de objetos que permitían reconstruir la historia de ese país. El profesor Thompson, director del museo, nos recibió con simpatía. Mi tío le habló de nuestro interés por visitar Islandia como turistas, ocultando el motivo verdadero del viaje.

El profesor Thompson nos acompañó hasta los muelles para ayudarnos a encontrar un barco que zarpara en breve hacia Islandia. Tuvimos suerte. Había un velero, el *Valquiria*, que salía el 2 de junio. Mi tío estaba eufórico, lo que aprovechó el capitán de la embarcación para cobrarnos el doble por el pasaje. Luego nos advirtió:

—Zarpamos el martes, a las siete de la mañana.

Agradecimos la gentileza del profesor Thompson, almorzamos y nos fuimos a dar un paseo por la ciudad. Nada parecía llamar la atención de mi tío, excepto la torre de una iglesia.

Tomamos esa dirección. Después de recorrer algunas estrechas calles, llegamos frente a la iglesia Vor Frelsers Kirke. Su torre era inmensa. En lo alto, sobresalía una escalera en forma de espiral.

—Subamos, dijo mi tío.

—¡Pero está muy alto!, protesté.

—Es necesario acostumbrarse. Vamos, es una orden.

Mi tío se adelantó y yo lo seguí acongojado. No tuve problemas mientras estuvimos en el interior de la torre, pero en el trecho al aire libre, con escalones cada vez más estrechos y un frágil pasamanos, me aterroricé.

—¡No podré subir!

—¿Acaso eres un cobarde? ¡Vamos, sube!

Me vi obligado a obedecer. Me aferré como pude al pasamanos. El viento me sacudía y la torre parecía balancearse. Al poco rato me vi subiendo los escalones con las rodillas y acto seguido, con la barriga. Mi cabeza giraba. Por fin llegamos a la cima de la torre.

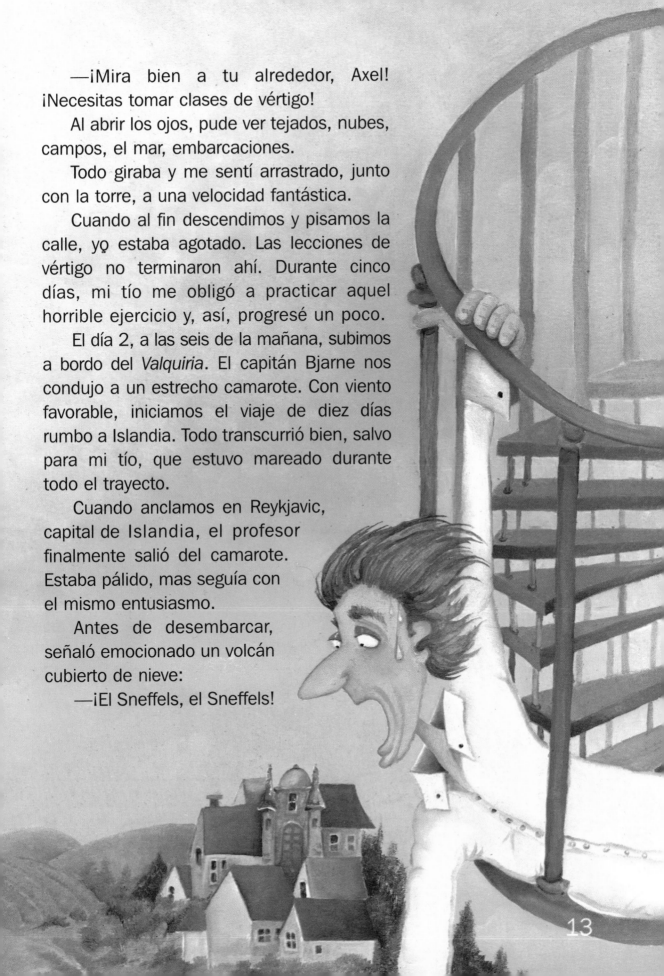

—¡Mira bien a tu alrededor, Axel! ¡Necesitas tomar clases de vértigo!

Al abrir los ojos, pude ver tejados, nubes, campos, el mar, embarcaciones.

Todo giraba y me sentí arrastrado, junto con la torre, a una velocidad fantástica.

Cuando al fin descendimos y pisamos la calle, yo estaba agotado. Las lecciones de vértigo no terminaron ahí. Durante cinco días, mi tío me obligó a practicar aquel horrible ejercicio y, así, progresé un poco.

El día 2, a las seis de la mañana, subimos a bordo del *Valquiria*. El capitán Bjarne nos condujo a un estrecho camarote. Con viento favorable, iniciamos el viaje de diez días rumbo a Islandia. Todo transcurrió bien, salvo para mi tío, que estuvo mareado durante todo el trayecto.

Cuando anclamos en Reykjavic, capital de Islandia, el profesor finalmente salió del camarote. Estaba pálido, mas seguía con el mismo entusiasmo.

Antes de desembarcar, señaló emocionado un volcán cubierto de nieve:

—¡El Sneffels, el Sneffels!

13

En el país de Saknussemm

Fuimos recibidos por el gobernador de la isla y el alcalde. Un profesor de ciencias naturales, el señor Fridriksson, nos hospedó amablemente en su casa.

Mientras mi tío buscaba en la biblioteca datos sobre Arne Saknussemm, yo salí a pasear por la ciudad; la recorrí por completo en tres horas. Su aspecto era triste. No había árboles y casi ningún tipo de vegetación; rocas volcánicas marcaban el paisaje. La mayor parte de los habitantes se dedicaba a preparar bacalao, principal producto de exportación de la región.

Cuando regresé a casa, mi tío ya se encontraba allí. Sirvieron la comida. El profesor Fridriksson quiso conocer el resultado de las pesquisas de mi tío en la biblioteca.

—Solamente encontré algunos libros sueltos. Las estanterías estaban prácticamente vacías.

—¡Cómo! Poseemos ocho mil volúmenes, muchos de ellos raros y preciosos, además de las novedades que nos llegan de Copenhague, exclamó el profesor Fridriksson.

—Pues yo no los vi. ¿Dónde se encuentran esos ocho mil volúmenes?

—Oh, señor Lidenbrock, los libros recorren el país. En nuestra bella isla de hielo, no hay un solo agricultor o pescador que no lea. Los libros pasan de mano en mano antes de volver a las estanterías. Pero dígame, ¿qué libros busca usted?

Mi tío reflexionó un momento antes de responder, diciendo:

—Busco las obras de Arne Saknussemm.

—¡Arne Saknussemm! ¿El sabio del siglo XVI, el gran naturalista, alquimista y viajero?

—Exactamente, respondió anhelante mi tío.

—¡Un hombre excepcional! ¡Una de las glorias de la literatura y de la ciencia islandesas, un verdadero genio! Desgraciadamente, no poseemos sus obras, éstas no se consiguen en ninguna parte del mundo.

—¿Por qué?, preguntó mi tío.

—Porque Arne Saknussemm fue perseguido por la Iglesia católica y sus obras fueron quemadas en la hoguera, en Copenhague, en 1573.

—¡Perfecto! Todo está claro. Ahora entiendo por qué se vio obligado a ocultar su genial descubrimiento en el criptograma…

—¿Cuál criptograma?, preguntó interesado Fridriksson.

—Un criptograma que…, respondió mi tío tartamudeando.

—¿Acaso posee usted algún documento que perteneció al alquimista?, insistió nuestro anfitrión.

—No… por supuesto que no. Sólo estaba pensando en voz alta…

—Bueno, espero que usted no abandone nuestra isla sin antes estudiar sus riquezas minerales. Varios científicos importantes ya han pasado por aquí. Sin embargo, todavía existen montañas, glaciares y volcanes poco investigados, como el Sneffels.

—¿El Sneffels?, dijo con disimulo mi tío.

—Es uno de los volcanes más curiosos. Se extinguió hace quinientos años, pero su cráter rara vez es visitado.

—Pues voy a comenzar mis investigaciones geológicas en el tal Seffel… Fessell, quiero decir, Sneffels. ¡Sus palabras me han convencido!

—¡Me place, señor Lidenbrock! ¿Cómo piensa llegar allí?

—Por mar, atravesando la bahía. ¿No es la ruta más rápida?

—Sin duda alguna, pero no tenemos embarcaciones en Reykjavic. Es necesario ir por tierra, siguiendo la costa. Mañana le presentaré un guía.

—¿Un hombre inteligente, de confianza?

—Sí, un hombre muy hábil. Ya verá usted.

—¡Excelente!

Al día siguiente, cuando desperté, mi tío conversaba en danés con un hombre alto, fuerte, de soñadores ojos azules y larga cabellera. Parecía un alma tranquila, pacífica y trabajadora. Su nombre era Hans Bjelke. Era el guía recomendado por el profesor Fridriksson. Enseguida, él y mi tío se pusieron de acuerdo sobre el precio de los servicios que nos habría de prestar. Hans estaría a nuestra disposición día y noche, y cobraría sus honorarios semanales cada sábado. La fecha de nuestra salida se fijó para el 16 de junio.

—Él nos acompañará hasta…, indagué cuando Hans se retiró.

—Sí, Axel, hasta el centro de la Tierra.

Rumbo al Sneffels

Llegó el día de nuestra partida. Hans cargó a los caballos con nuestro equipaje. Llevábamos varios instrumentos: un termómetro capaz de medir altas temperaturas, un manómetro que indicaba mediciones mayores que la presión de la atmósfera a nivel del mar, un cronómetro, dos brújulas, un catalejo y dos linternas. También llevábamos armas —dos carabinas, dos revólveres y una buena cantidad de pólvora—, además de herramientas —dos azadas, dos picos, una escalera de cuerda, tres arpones de hierro, un hacha, un martillo, una docena de cuñas y otra de alcayatas para suspender objetos, así como largas cuerdas—. Nuestras provisiones consistían en carne seca, bizcochos y ginebra. Mi tío planeaba llenar las cantimploras con el agua que encontráramos en el camino. Un botiquín de primeros auxilios portátil y dos pares de botas completaban nuestro equipaje.

A las seis de la mañana todo estuvo preparado. Salimos con cuatro caballos: dos cargaban nuestro equipaje y en los otros dos montábamos mi tío y yo. El guía iba a pie.

Tomamos nuestro camino por la orilla del mar, atravesando pastizales. Los caballos realizaban el trayecto tranquilamente.

Dos horas después de salir de Reykjavic, llegamos al poblado de Gufunes, donde había apenas unas cuantas casas. Paramos allí media hora para tomar nuestro primer alimento.

Luego proseguimos el viaje, andando sobre el pasto descolorido de los campos. Al caer la tarde llegamos a un trecho peligroso, donde las olas del mar estallaban contra las rocas.

Impaciente, mi tío condujo su caballo hacia la playa. El animal se negó a continuar. El profesor lo maldijo y lo azotó con la fusta. El caballo dio una coz, se levantó sobre las patas traseras y lanzó a mi tío sobre unas piedras.

—¡Maldita bestia!, gritó el profesor.

Hans señaló una balsa que facilitaría la travesía. Esperamos a que bajara la marea y cruzamos el trecho sin mayores problemas.

Ya debía ser de noche, pero en las regiones polares como Islandia, el sol no se pone durante los meses de junio y julio. Por suerte, encontramos a un campesino que ofreció hospedarnos en su casa. Nos condujo a una habitación que tenía una cama de paja. Después nos hizo pasar a la cocina, único lugar de la casa donde había fuego. Una vez ahí, como si nos viera por vez primera, nos saludó con la palabra *saelvertu*, que significa "felicidades", y nos besó en la cara. Su mujer lo imitó y cada uno colocó su mano sobre el corazón, haciendo una reverencia respetuosa. La pareja tenía diecinueve hijos, que más tarde se subirían sobre nuestras piernas, rodillas y hombros.

Hans se reunió con nosotros a la hora de la cena, que constaba de sopa, pescado seco, leche agria con bizcochos y una bebida típica de la región, llamada "blanda", hecha de suero de leche mezclado con agua.

No me es posible afirmar si este alimento era bueno o malo. Estaba tan hambriento, que todo lo devoré. Terminada la cena, nos retiramos a dormir.

Al día siguiente, a las cinco de la mañana, nos despedimos de aquella simpática familia. Mi tío pagó el hospedaje y partimos.

Tras una jornada agotadora, nos detuvimos en una choza abandonada, que bien pudo ser la morada de los gnomos de la mitología escandinava, entre ellos el duende del frío. Allí pasamos la noche.

Por la mañana, seguimos nuestro camino atravesando tierras pantanosas, cubiertas de restos de lava de volcanes apagados.

El Sneffels aparecía entre las nubes, a poca distancia.

El domingo estábamos ya en Stapi, una aldea que se extiende al fondo de un pequeño y extraño fiordo. ¡Era un verdadero espectáculo para los ojos! Había una gran muralla de piedra, formada por inmensas columnas verticales, que a su vez sostenían unas columnas horizontales, haciendo una bóveda sobre el mar.

Llegamos a la última etapa de nuestro viaje por tierra. Gracias a las habilidades de Hans, pudimos llegar hasta allí con confianza. El párroco de la región, un hombre rudo y antipático, nos hospedó en su casa.

Tuvimos que prescindir de los caballos para seguir adelante. Hans contrató los servicios de tres lugareños que cargarían nuestro equipaje. Mi tío le reveló que queríamos descender por el cráter del volcán, y no solamente visitarlo. El guía no mostró sorpresa alguna.

Una idea me aturdía: ¿Y si el volcán no estuviera apagado? ¿Qué garantía había de que el monstruo adormecido no despertaría de repente? Y si así fuera, ¿qué sería de nosotros? Mi tío intentó tranquilizarme.

—Yo también he pensado en eso, Axel. Debes saber que antes de una erupción aparecen determinadas señales. He conversado con muchas personas, he examinado el suelo del cráter, ¡y puedo afirmar que no habrá una erupción!

Enseguida me condujo hasta un claro, algunos metros más adelante, donde brotaban vapores del suelo.

—Esos vapores prueban que no hay nada que temer. Cuando se aproxima una erupción, la actividad de éstos se intensifica, para luego desaparecer totalmente.

—Pero…

—Basta. Cuando habla la ciencia, callan los mortales.

El 23 de junio partimos rumbo al Sneffels. Hans llevaba la delantera y así fuimos recorriendo escarpados y peligrosos senderos.

Después de tres horas de marcha, nos detuvimos para comer. Más tarde continuamos la escalada sirviéndonos de los bastones.

En la ladera de la montaña había una especie de escalera muy útil, formada por piedras arrojadas durante las erupciones. Subimos cerca de dos mil peldaños para llegar a una zona plana. Hacía mucho frío y el viento soplaba con tal fuerza que dificultaba nuestra marcha.

Entonces vimos sorprendidos que un tornado se formaba a lo lejos. Si llegara a inclinarse, nos envolvería, poniendo en peligro nuestras vidas. Hans dijo que debíamos avanzar con la mayor rapidez. Nos dirigimos al lado opuesto del tornado y ¡uf!, pudimos escapar.

Continuamos el ascenso, pues era peligroso pasar la noche allí.

Nos tomó cinco horas alcanzar la cumbre. Yo ya no aguantaba más, el hambre y el frío eran insoportables. Finalmente, a las once de la noche, llegamos a la cumbre del Sneffels. Antes de resguardarme en el cráter, admiré el curioso "sol de media noche" que lanzaba sus rayos sobre la isla adormecida.

En el cráter

Nos encontrábamos a miles de metros sobre el nivel del mar, en el cráter del Sneffels.

Tomamos nuestros alimentos y nos fuimos a dormir.

Al día siguiente, cuando desperté, admiré un verdadero espectáculo: valles, montes, ríos, lagos y el océano iluminados por el sol y, a lo lejos, la costa de Groenlandia. Hans confirmó el nombre del pico donde estábamos: Scartaris. Al escuchar este nombre, mi tío señaló:

—¡El cráter!

El cráter del Sneffels parecía un cono invertido. El guía encabezó el descenso. Pisábamos con precaución las piedras volcánicas, que a veces se deslizaban y caían al fondo del abismo, provocando extraños ecos.

Hans avanzaba despacio, tocando el suelo con un arpón de hierro. En algunos trechos dudosos, asegurábamos una larga cuerda como medida de protección.

Al mediodía, llegamos al fondo del cráter. Hacia arriba se veía un pedazo de cielo, abajo encontramos tres chimeneas, por las que, durante una erupción, salían la lava y los vapores.

Mi tío corría excitado de una chimenea a otra y, de pronto, dio un grito. Por un momento temí que hubiera caído en una grieta, pero no: estaba ante una roca de granito, vibrando de alegría.

—¡Axel, Axel! ¡Ven aquí! ¡Ven aquí!

Me acerqué y pude ver aquel nombre maldito, escrito con letras rúnicas, en un costado de la roca.

—¡Arne Saknussemm! ¿Todavía tienes alguna duda?, exclamó mi tío.

En efecto, no había duda de que el alquimista había estado allí y, por lo tanto, había realizado aquel viaje demente.

Los tres islandeses que cargaron nuestro equipaje regresaron a la superficie, pues ya no requeriríamos de sus servicios. Mi tío, Hans y yo pasamos nuestra primera noche en el fondo del cráter.

Al día siguiente, mi tío caminaba furioso de un lado a otro. Pronto descubrí el motivo: un cielo nublado y ceniciento amenazaba sus planes. Sólo una de las tres posibles rutas que teníamos enfrente, había sido recorrida por Saknussemm, y únicamente podía ser reconocida cuando la sombra del pico de Scartaris se proyecta durante los últimos días de junio. El pico funcionaría como el gnomon —o indicador de las horas— de un reloj de sol. Su sombra mostraría la entrada al centro de la Tierra. Si el sol no aparecía, no habría indicación alguna. Estábamos a 25 de junio. Si el cielo continuaba nublado durante más de seis días, todo estaría perdido.

Hans no hacía preguntas. El sol no apareció aquel día, como tampoco el siguiente, y mucho menos el que vino después. Mi tío estaba muy contrariado. Callado, no quitaba los ojos de las alturas.

Para alivio suyo, el domingo 28 de junio, gracias a la luna creciente, el clima cambió. Los rayos del sol iluminaron el cráter y la sombra del pico de Scartaris se proyectó en la tierra. A mediodía, alumbró la chimenea central.

—¡Por ahí es! ¡La entrada al centro de la Tierra!, gritó emocionado el profesor.

Nuestro verdadero viaje apenas comenzaba.

El descenso

Yo temía el descenso, pero me daba vergüenza desistir. Me asomé al vacío para ver qué nos aguardaba, me aturdí y perdí el equilibrio. No caí porque Hans me sujetó fuertemente.

Dividimos el equipaje y lanzamos una parte al vacío. Luego, usando las cuerdas y los arpones de hierro, comenzamos a descender. Cerca de diez horas después llegamos al fondo de la chimenea.

—Estoy viendo un corredor que se desvía hacia el lado derecho. Mañana continuaremos. Ahora vamos a comer y a dormir, dijo mi tío.

Antes de dormir, alcancé a ver un punto brillante en las alturas: era la estrella *Beta* de la constelación de la Osa Menor.

Al día siguiente nos despertaron los rayos del sol. Aunque todo estaba en calma, había algo amenazador en el aire. Desayunamos rápidamente y nos dispusimos a entrar en el corredor de piedra.

Antes de internarme en aquel sombrío túnel, levanté la cabeza para ver por última vez el cielo de Islandia.

El interior estaba muy oscuro. Sólo podíamos ver con auxilio de las linternas. Caminábamos despacio, admirando maravillosas estalactitas, que parecían candelabros transparentes colgados del techo. El color de la lava variaba del rojo al amarillo brillante. ¡Era un espectáculo maravilloso!

Alrededor de las ocho de la noche nos detuvimos para cenar. Yo estaba agotado y una cosa me preocupaba bastante. Nuestras provisiones de agua estaban a la mitad y no había indicios de manantiales subterráneos.

—Tranquilízate, Axel. Te garantizo que encontraremos agua en abundancia cuando salgamos de este corredor de lava, contestó mi tío.

Habíamos superado las mayores profundidades jamás alcanzadas por el hombre. Al nivel en el que estábamos, la temperatura debía ser alta, pero, extrañamente, el termómetro apenas indicaba quince grados.

Llegamos al final de la chimenea al día siguiente. Ante nosotros surgió una encrucijada, de donde partían dos sombríos caminos estrechos. Imposible saber por cuál debíamos seguir.

Mi tío escogió el camino del Este. Seguimos adelante y encontramos arcos de piedra y túneles estrechos, por los que debíamos arrastrarnos. Después de mucho andar, nos detuvimos para dormir.

Al siguiente día continuamos la caminata dentro del túnel, que se iba haciendo cada vez más plano. En vez de descender, parecía que íbamos subiendo. Las paredes eran de roca, no de lava. Pensé que algo andaba mal, pero mi tío no se daba por vencido.

—Es posible que me haya equivocado, pero sólo tendré la certeza cuando lleguemos al final de esta galería.

Nuestra provisión de agua únicamente alcanzaría para tres días más. Tuvimos que empezar a racionar el precioso líquido.

Continuamos recorriendo el túnel durante muchas horas. En el trayecto encontramos restos de animales y de plantas, así como un yacimiento de carbón.

A la mañana siguiente seguimos la travesía por la oscura galería, la cual parecía no tener fin, hasta toparnos con un callejón sin salida.

—Ahora tenemos la certeza de que ésta no es la ruta correcta. Descansemos esta noche antes de retornar a la encrucijada, ordenó mi tío.

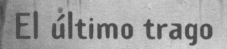

El último trago

Salimos antes del amanecer, pero estábamos desalentados. El agua se acabó durante el primer día de caminata y solamente había ginebra para beber.

Después de cinco días, llegamos casi muertos a la encrucijada. Yo no podía ni levantarme del suelo. Mi tío puso la cantimplora en mi boca y dijo:

—¡Bebe!

Un solo trago de agua mojó mis labios, pero fue suficiente para revivirme.

—Guardé este último trago con sumo cuidado, Axel, pues sabía que lo necesitarías cuando llegáramos aquí.

—¡Gracias, tío! Pero ahora que el agua se ha acabado necesitamos regresar a la superficie.

—¿Cómo dices eso? ¿Ese trago de agua no te devolvió el coraje y la energía?, dijo desafiante mi tío.

—¡Tío, tenemos que abandonar esta expedición! Es evidente que no tendrá éxito.

—¿Abandonarla? ¡Nunca!

—Entonces sólo queda resignarnos a la muerte.

—No deseo tu muerte, Axel. Puedes regresar, si quieres. Hans seguirá conmigo. ¡Vete, sobrino!

Yo no quería abandonar a mi tío en el fondo de aquel abismo pero, por otro lado, quería salvarme. Mi tío percibió mi vacilación y me hizo una propuesta:

—Escúchame, Axel. La falta de agua es el único obstáculo que impide nuestro viaje. No pudimos encontrar una sola gota en esta galería, pero podemos tener más suerte siguiendo el túnel que va en dirección del Oeste.

Era difícil creer aquello, mas él insistió:

—Cristóbal Colón rogó a sus tripulantes enfermos y miedosos que le dieran tres días para encontrar tierra firme. Aunque muertos de miedo, ellos aceptaron el trato y así descubrieron el Nuevo Mundo. Yo, el Cristóbal Colón de estas regiones subterráneas, solamente te pido un día. Si no encontramos agua en ese plazo, te juro que regresaremos a la superficie.

—¡Está bien! Esperemos un día más, acepté.

El manantial Hans

Iniciamos el descenso por el túnel del Oeste. Era estrecho; seguramente había sido un conducto de lava volcánica en tiempos remotos.

A las ocho de la noche todavía no habíamos encontrado el menor indicio de agua. Mis piernas estaban paralizadas. No pude resistir, di un grito y caí desmayado.

Después de un buen rato, un ruido me despertó. Miré a mi alrededor y vi que Hans salía con una linterna en la mano: "¿Nos estaría abandonando? ¿Había oído o visto alguna cosa?"

Cerca de una hora después, Hans estaba de regreso. Se aproximó a mi tío, lo despertó y le dijo:

—¡Agua!

Entonces eso era. ¡Me estremecí de alegría!

Seguimos un estrecho pasadizo. Podíamos oír un rumor apagado, como un trueno lejano, detrás de la pared de granito.

—¡Es el rumor de un manantial!, exclamó el profesor.

Animados apretamos el paso. Conforme avanzábamos, el rumor aumentaba. Podíamos oír el agua correr muy cerca de nosotros, tras la pared. Era necesario vencer aquella barrera.

Hans puso su oído sobre la piedra para escuchar mejor. Pronto encontró el sitio en que el sonido de la corriente de agua era más intenso. Tomó el pico y empezó a golpear la pared. Mi tío y yo sólo esperábamos que no ocurriera algún derrumbe o inundación.

Una hora después, la herramienta había perforado la pared. De pronto, brotó un potente chorro de agua, que se estrelló en la pared opuesta. Hans dio un grito de dolor. Inmediatamente entendí el motivo y también grité: el agua estaba hirviendo.

Llenamos nuestras cantimploras como pudimos y casi sin dejar enfriar el agua, le dimos un primer trago y seguimos bebiendo sin parar.

—Pero… ¡pero si es agua ferruginosa!, exclamé dejando de beber al sentir el sabor a hierro.

—¡Excelente! ¡Es buenísima para la digestión!, afirmó mi tío. Puesto que este saludable manantial fue descubierto por Hans, propongo darle su nombre.

—¡Apoyo la moción!, convine. Ahora necesitamos conservar el agua. Llenemos bien nuestras cantimploras y tapemos el chorro.

Hans intentó tapar la perforación, pero no lo consiguió, debido a que la presión del agua era muy fuerte. Entonces mi tío tuvo una idea genial:

—Veamos… ¿por qué tapar el chorro? Cuando nuestras cantimploras estén de nuevo vacías, no estaremos aquí para poderlas llenar. ¡Dejemos que corra! ¡El agua irá descendiendo y nos mostrará el camino!

—¡Es una gran idea, tío! De ahora en adelante, ya nada podrá impedir que realicemos nuestro proyecto.

Debajo del océano

Por la mañana, despertamos muy entusiasmados. Rociamos nuestro desayuno con abundante agua y proseguimos por el corredor de granito.

El riachuelo que se había formado con la corriente del manantial nos iba indicando el camino. Mi tío maldecía la ruta casi horizontal. Él quería descender cada vez más.

El viernes por la noche, 10 de julio, apareció ante nosotros un pozo enorme.

—¡Éste sí que nos llevará muy lejos!, se alegró mi tío.

Hans preparó las cuerdas y comenzamos el descenso. El pozo era una grieta que se hacía cada vez más angosta.

Tuve la impresión de que descendíamos por la espiral de un tornillo gigantesco. La corriente del manantial "Hans" se convertía en cascada en algunos trechos y luego seguía su curso normal.

Mi tío llevaba el control de todo; anotaba las señales de la brújula, el cronómetro, el termómetro y el manómetro. De esta forma podía saber nuestra ubicación en cualquier momento. Nos encontrábamos exactamente bajo el océano.

Ocho días después, el sábado, llegamos a una especie de gruta inmensa. Hans recibió su paga semanal y decidimos que el día siguiente sería de asueto.

Desesperación y oscuridad

Al día siguiente desperté tranquilo y me quedé admirando la gruta que formaba un amplio recinto. El profesor aprovechó para poner al día su diario de la expedición.

—Según algunos científicos, la temperatura debería ser mucho más alta de la que podríamos soportar, observé.

—Como ves, los hechos desmienten la teoría, Axel, respondió mi tío con cierto placer.

Durante las siguientes jornadas, recorrimos mayores profundidades en el interior de la tierra. Los descensos eran peligrosos, por eso la habilidad y la sangre fría de Hans resultaron muy útiles.

Todo iba bien, hasta que algo muy grave me aconteció. Sucedió así: el 7 de agosto alcanzamos un trecho del túnel que estaba algo más inclinado. Yo iba delante, seguido por mi tío.

De repente, al mirar hacia atrás, me encontré totalmente solo. Acaso había avanzado demasiado rápido, por lo que resolví dar marcha atrás para reunirme con mis compañeros. Los busqué durante quince minutos y no los encontré. Los llamé pero no obtuve respuesta. Seguí caminando una media hora más.

En la galería reinaba un silencio tenebroso. Recordé el riachuelo. Bastaría seguir su curso a contracorriente para encontrar la pista de mis compañeros. Me agaché para tocar el agua y descubrí que el suelo estaba seco. ¡La corriente había desaparecido!

Empecé a desesperarme. ¡Moriría de sed y de hambre! La corriente del manantial debió desviarse. No tenía una sola pista para emprender el regreso. ¡Estaba perdido en las entrañas de la Tierra!

Intenté pensar en otras cosas, como nuestra casa en Hamburgo, mi querida Grauben, mi tío, que a estas alturas debía estar buscándome con desesperación... Recé para encontrar una salida.

Todavía tenía comida y agua para tres días. Necesitaba hacer algo, mas no sabía si debía ascender o descender. Decidí subir. Tenía que encontrar la corriente de agua.

Fui subiendo, pero no reconocí el camino. Tuve la certeza de que aquella galería no me llevaría a ninguna parte. Como estaba angustiado y nervioso, no me fijé hacia dónde iba y tropecé con una pared y caí.

Recobré la conciencia tiempo después, perdido en un laberinto de cuevas. Mi linterna estaba dañada, con la luz muy tenue. En cualquier momento podía apagarse. Mi desesperación fue en aumento.
Empecé a correr dentro de aquel laberinto sin salida; grité, aullé y choqué contra las rocas. Horas más tarde, volví a caer y perdí la conciencia.

Al recobrar el sentido, noté que estaba golpeado. Jamás había soportado una soledad tan grande en toda mi vida. Iba a desmayarme una vez más, cuando un ruido fuerte se dejó oír en algún lugar de ese abismo. Tal vez se trataba de alguna explosión de gas o de la caída de un peñasco. Luego volvió a reinar el silencio.

Apoyé mi oreja en el muro y oí lejanas palabras incomprensibles. ¿Sería una alucinación? Puse atención y nuevamente oí un murmullo. ¡Eran voces humanas!

Sólo podían ser las voces de mi tío y Hans. Si yo podía oírlas, seguro que ellos también podrían oírme.

—¡Aquí! ¡Aquí estoy!, grité con todas mis fuerzas.

No obtuve respuesta. Volví a acercar mi oído en la piedra y, esta vez, escuché claramente mi nombre. Era mi tío. No tenía tiempo que perder. Si ellos se alejaban, tal vez ya no podrían oírme. Me aproximé lo más que pude al muro y grité con la mayor claridad posible:

—¡Tío Lidenbrock!

Transcurrieron algunos segundos, que parecieron siglos, y entonces escuché:

—¡Axel, Axel!, ¿eres tú?

—¡Sí, soy yo!, respondí.

—¿Dónde estás?

—¡Perdido en la oscuridad total! Mi linterna no sirve y el agua desapareció.

—¡Sé valiente! ¡No te desesperes, Axel!

Haciendo el cálculo del tiempo que tardábamos en escucharnos, descubrimos la distancia que nos separaba.

Según mi tío, que se encontraba en una enorme caverna, de la que partían varios túneles, yo tenía que descender para encontrarlos.

—Sigue adelante, si es preciso arrástrate, resbala por las pendientes y nos encontrarás al final del camino. ¡Adelante, hijo mío, adelante!

Sus palabras me reanimaron, salí a su encuentro lleno de esperanza. Mis fuerzas se estaban agotando, apenas podía arrastrarme. La inclinación del terreno provocó que me deslizara a una velocidad aterradora. Rodé sobre las piedras, sin poder sujetarme a nada, hasta que me golpee la nuca contra una roca y perdí el sentido una vez más.

La recuperación de Axel

Cuando abrí los ojos, mi tío estaba junto a mí. Al verme despierto, dio un grito de alegría.

—¡Está vivo! ¡Está vivo!

—Lo estoy…

Hans me felicitó.

—Tío, ¿qué hora es? ¿Qué día es hoy? ¿Dónde estamos?

—Hoy es domingo, 9 de agosto, y son las once de la noche. Y ahora, basta de preguntas. Estás muy débil.

Mi tío tenía razón. Apenas podía mantener los ojos abiertos. Necesitaba descansar.

Al día siguiente, al despertar, descubrí que estaba en una hermosa gruta; el suelo era de fina arena.

Una claridad inexplicable iluminaba el lugar. Oía a lo lejos el murmullo de las olas y el silbido del viento. ¿Habríamos regresado a la superficie?

Mi tío me contó que había caído en el fondo de una galería. Estaba vivo de milagro. Hans curó mis heridas y sanaron rápidamente.

—Tío, ¿de verdad no hemos regresado a la superficie?

—¡No, claro que no!

—Entonces debo estar loco, pues veo la luz del día y oigo el ruido de las olas y del viento.

—Después lo entenderás todo. Ven conmigo, te mostraré dónde estamos.

Salimos de la gruta y, cuando mis ojos se acostumbraron a la claridad, no podía dar crédito a lo que veía. Dentro de una enorme caverna se encontraba un mar sin fin, con olas, y una playa de arena fina y dorada, cubierta de caracolas. Parecía que estábamos en otro planeta.

—¡Te presento el mar de Lidenbrock!, dijo mi tío. Ven, vamos a andar un poco.

Caminamos por la orilla y pronto reconocí a nuestro fiel compañero, el riachuelo del manantial "Hans" que corría tranquilamente hacia el mar.

Las sorpresas continuaron: más adelante había un bosque de árboles pálidos, semejantes a sombrillas. ¡Era un bosque de hongos! Paseamos en ese ambiente húmedo durante media hora. Más adelante me aguardaba otro paisaje increíble: árboles comunes, como los de la superficie, pero de tamaño gigantesco.

—¡Fascinante, magnífico, espléndido! ¡Observa, Axel, observa! ¡Las plantas que cultivamos en nuestros jardines eran árboles en los orígenes de nuestro planeta!, exclamó mi tío.

Pronto descubrimos que también había huesos de animales por doquier, como huesos de mastodontes.

Finalmente regresamos a la gruta, donde caí en un sueño profundo.

Combate en el mar

Nos encontrábamos a una gran distancia de Islandia, en sentido horizontal, y a gran profundidad.

Hans empezó a construir una balsa con troncos de árboles que encontró caídos, pues mi tío pretendía atravesar el mar de Lidenbrock para buscar en la margen opuesta una nueva entrada.

El 13 de agosto la balsa estaba lista: hicimos el mástil con bastones y la vela con una de nuestras mantas. El puerto fue bautizado con el nombre de mi amada: puerto Grauben.

Partimos a las seis de la mañana a gran velocidad gracias al viento que nos favorecía. Teníamos frente a nosotros un mar inmenso. Mi tío me encargó que hiciera el diario de navegación del viaje.

Horas después aparecieron frente a la balsa algas gigantescas, capaces de impedir el paso de grandes navíos. Por fortuna, pudimos sortear sus peligros.

Queríamos saber si había peces en aquellas aguas. Hans ató un anzuelo a una cuerda y utilizó como carnada un pedacito de carne seca. Lo lanzó al mar y, un par de horas después, sintió un tirón. Un pez de cabeza chata, ciego y sin dientes, había mordido el anzuelo.

—Este pez pertenece a una especie que se extinguió hace siglos, explicó el profesor.

—¿Significa esto que podemos encontrar aquí peces monstruosos de los mares prehistóricos?

—En efecto, respondió mi tío.

Observando el mar, comencé a soñar despierto. Tortugas antediluvianas, mastodontes gigantescos y pterodáctilos voladores cobraban vida en mi imaginación. En mi mente desfilaban las transformaciones que habían estremecido al planeta, los temblores y las explosiones de gases. ¡Me sentí envuelto en cataclismos cósmicos!

El mar de Lidenbrock era más extenso de lo que creíamos, lo cual irritó a mi tío. Una duda flotaba en el aire: ¿estaríamos siguiendo la misma ruta de Saknussemm?

Los días transcurrieron. Un domingo, mi tío decidió inspeccionar las aguas; ató un hierro con una cuerda y lo sumergió a gran profundidad.

Cuando lo recuperamos, notamos unas marcas de dientes en él. ¿Serían de un monstruo, un tiburón o una temible ballena? Parecía que mi sueño se estaba convirtiendo en realidad. Por precaución, verifiqué que nuestras armas estuvieran en buen estado.

El 18 de agosto yo estaba durmiendo cuando, de repente, la balsa se elevó sobre las olas, y salió disparada por los aires.

—¿Qué fue eso?, gritó mi tío. ¿Nos atacaron?

Hans señaló una masa oscura que emergió de las aguas y después volvió a sumergirse varias veces. ¡Un delfín gigante! Poco después surgió un cocodrilo monstruoso, seguido por un enorme lagarto: era una verdadera banda de monstruos marinos. Con un simple mordisco podían destruir nuestra balsa.

Hans intentó desviar la embarcación hacia otro lado, pero descubrió otros enemigos gigantescos: una serpiente y una tortuga. No había manera de huir. El cocodrilo y la serpiente rodearon la balsa. Tomé la carabina y cuando estaba a punto de tirar, Hans me detuvo. Estábamos mudos de terror. Los dos monstruos pasaron a pocos metros de la balsa y se lanzaron el uno sobre el otro, batiéndose en un terrible combate. Los demás animales parecían haber acudido sólo para observar la lucha. No tardamos en descubrir que sólo dos monstruos se peleaban: el primero tenía el hocico de un delfín, la cabeza de un lagarto y los dientes de un cocodrilo. Era un ictiosauro, el más terrible de los reptiles prehistóricos. El otro era un plesiosauro, parecido a una serpiente dentro de un caparazón de tortuga. ¡Dos reptiles de los océanos jurásicos!

¡La furia de los animales era indescriptible! En dos horas estuvimos a punto de naufragar en unas veinte ocasiones. El plesiosauro parecía estar mortalmente herido y se contorsionó hasta quedar inmóvil, flotando en el agua. El ictiosauro vencedor desapareció en el fondo del mar. Estábamos a salvo, al menos por el momento.

La tempestad

Felizmente, gracias a un viento favorable, dejamos atrás el escenario de la lucha.

El jueves 20 de agosto oímos un insólito fragor que parecía una caída de agua. Algunas horas después, con ayuda del catalejo, descubrimos un enorme chorro de agua que se disparaba sobre las olas. ¿Sería otro monstruo marino? Para nuestra sorpresa, encontramos una isla, donde el chorro de agua brotaba con fuerza a gran altura. Era un géiser. El islote fue bautizado con mi nombre: Axel.

Al día siguiente nos sorprendió una tempestad. La lluvia y las descargas eléctricas amenazaban nuestra travesía. La balsa se tambaleaba a la deriva, pero resistió. El estruendo de los rayos era ensordecedor y no podíamos oír lo que nos decíamos.

La tempestad siguió durante toda la noche. Las olas pasaban sobre nuestras cabezas. Estábamos perdidos en la tormenta, muertos de cansancio y paralizados por el miedo.

De repente, una esfera de fuego apareció junto a la balsa. Pasó por encima de los alimentos, los instrumentos y la pólvora. ¡Creí que íbamos a estallar! Un olor a gas penetró en nuestros pulmones. ¡Nos vimos cubiertos por lenguas de fuego! Por fin cesó aquella agonía.

La balsa fue arrastrada a una velocidad enorme. A esas alturas, debíamos estar recorriendo las profundidades subterráneas de Europa entera. Finalmente chocamos contra unas rocas y escapamos de la muerte por poco.

Después de tres noches sin dormir, encontramos abrigo entre las piedras y caímos en un sueño profundo.

Por la mañana, mi tío estaba entusiasmado. Habíamos dejado atrás el mar y continuaríamos nuestro viaje por tierra. No pude evitar hacerle una pregunta que me intrigaba:

—Tío, ¿cómo vamos a regresar?

—Cuando lleguemos al centro del planeta, encontraremos una nueva ruta y, si no, regresaremos por el mismo camino que hemos recorrido, respondió.

Afortunadamente, el hábil Hans logró salvar de las aguas casi todos nuestros instrumentos y provisiones. La balsa necesitaba algunas reparaciones.

Mi tío consultó la brújula para saber dónde estábamos. Su reacción fue de total sorpresa.

—¿Qué pasa?, pregunté.

Me mostró el instrumento. ¡No era posible! La aguja apuntaba al norte. En cualquier posición, la aguja insistía en girar en esa dirección. La terrible conclusión era que durante la tempestad, la balsa había regresado al punto de partida. ¡No habíamos avanzado nada!

Conspiración y descubrimiento

El profesor Lidenbrock se puso furioso. Decía que la naturaleza y los elementos habían conspirado en su contra.

Adelantándose a sus planes, Hans había reparado la balsa. El profesor decidió que partiríamos al amanecer del día siguiente. Mientras tanto, él y yo haríamos un reconocimiento del lugar.

La arena estaba cubierta de restos de moluscos. Pronto estábamos caminando entre rarísimos fósiles, fragmentos de animales prehistóricos. De pronto, mi tío se inclinó y recogió algo:

—¡Axel! ¡Un cráneo humano!

¡Y no era el único! Unos pasos más adelante, encontramos un esqueleto humano entero.

Mi tío no se contuvo y, como si estuviera en un aula, dirigió unas palabras a un auditorio imaginario de universitarios:

—¡Caballeros, tengo el honor de presentarles a un hombre de la era cuaternaria!

Y llevó a cabo un extenso discurso sobre las características de aquel espécimen. No pude dejar de aplaudir al final.

Y me preguntaba si, al igual que los monstruos marinos se habían cruzado en nuestro camino, podría existir algún hombre primitivo aún con vida.

Nuevas pistas de Saknussemm

Seguimos de frente y pronto nos encontramos ante un inmenso bosque, formado por grandes palmeras, pinos y cipreses. Las hojas tenían un color castaño, debido probablemente a la ausencia de sol.

De repente, creí ver un rebaño de mastodontes vivos. Mi sueño de encontrar animales prehistóricos parecía hacerse realidad una vez más.

El profesor quería seguir adelante y aproximarse al rebaño. Tuve que detenerlo.

—¿Estás loco? ¡No tenemos armas, es peligroso! ¡Cualquier cosa podría provocar la furia de esos monstruos!

—¡No somos los únicos seres humanos por aquí, Axel! Compruébalo con tus propios ojos. ¡Allí hay una criatura muy semejante a nosotros!

Era increíble. Al mirar hacia donde apuntaba mi tío, vi a un hombre de más de cuatro metros de altura sentado bajo la sombra de un árbol. Cubierta por una larga cabellera, su cabeza era gigantesca y tenía un enorme palo en la mano. No nos había visto y lo mejor era alejarnos lo antes posible.

—¡Vámonos ya!, imploré, arrastrando a mi tío.

Corrimos lejos del bosque hasta llegar a un lugar parecido al puerto Grauben. Riachuelos y pequeñas cascadas caían entre las rocas. Nos quedamos con la duda de si aquel lugar era nuestro punto de partida.

Entonces descubrí un objeto de hierro en la arena. Lo recogí y vi que era un puñal oxidado. No era mío ni de mi tío, y mucho menos de Hans. Tal vez fuera el arma de algún guerrero prehistórico.

Examinándolo de cerca, concluimos que era un arma del siglo XVI, de procedencia española.

—¿Quién pudo haber perdido este puñal aquí?, pregunté.

—Probablemente alguien lo utilizó para grabar su nombre en una roca. O tal vez un hombre que quería dejar marcada una ruta para el centro de la Tierra. ¡Ven! ¡Vamos a investigar!

Fuimos hacia un tramo estrecho de la playa. Entre dos peñascos apareció la entrada de un túnel oscuro. Allí, en la pared de granito, podían verse dos letras borrosas: A. S.

—¡A. S.! ¡Arne Saknussemm!, exclamó mi tío. ¡Qué genio maravilloso! ¡Dejó marcado el camino al centro de la Tierra para que lo siguieran otros seres! Yo también grabaré mi nombre en esa piedra.

Entusiasmado, mi tío bautizó aquel sitio con el nombre de "cabo Saknussemm".

Travesía forzosa

La balsa estaba lista. Ahora podríamos seguir el camino correcto, rumbo al norte. Mi tío comentó:

—¡Nos falta poco para llegar al centro de la Tierra!

Después de tres horas de navegación, desembarcamos en tierra firme. Seguimos por una galería que, para desencanto nuestro, había obstruido un enorme peñasco.

—Esa roca debió rodar hasta aquí tiempo después de la expedición del alquimista. Si no vencemos este obstáculo, no alcanzaremos nuestro objetivo, comenté.

Entonces decidimos destruirlo con una explosión de pólvora. Con ayuda de las herramientas, Hans perforó la peña y la llenó de pólvora.

El día siguiente, jueves 27 de agosto, quedó señalado para siempre como una fecha muy especial en nuestro viaje. A las seis de la mañana, ya estábamos listos para demoler el obstáculo.

Fui el encargado de encender la mecha. Mis compañeros me esperaban en la balsa. Habíamos planeado mantenernos a una distancia considerable para evitar los peligros del estallido.

Cumplí la misión y me subí rápidamente a la balsa. Aunque no oímos la explosión, cerca de diez minutos más tarde vimos que las rocas se desmoronaban. ¡Un abismo se abrió en la playa! Fuimos arrastrados a su interior por una enorme ola que se formó en el mar.

Los tres nos abrazamos y la corriente impulsó la balsa. No había duda: ésa era la ruta de Saknussemm. Sin embargo, en vez de descender solos, llevábamos todo un mar con nosotros.

Hans logró prender una linterna. Pude observar que solamente nos quedaban la brújula, el cronómetro, algunas escaleras de cuerda y suficiente comida para un día.

Descendíamos a una velocidad cada vez mayor. Casi nos ahogamos un par de veces. Muchas horas después, sucedió algo totalmente inesperado.

—¡Estamos subiendo!, exclamó el profesor.

—¿Subiendo? ¿Hacia dónde, tío?

—No sé, pero necesitamos estar preparados. Es hora de comer para recuperar nuestras fuerzas, añadió.

—¡Solamente nos queda un pedazo de carne y algunos bizcochos! Ésta podría ser nuestra última comida.

Dividimos la carne y los bizcochos en tres partes iguales y comimos.

A medida que avanzábamos, la temperatura aumentaba. El agua estaba hirviendo. Sudábamos. Eché un vistazo a la brújula. La aguja saltaba de un polo al otro y giraba sin control.

La erupción

Para mí no había duda. Todo indicaba un terremoto. El profesor tenía otra opinión.

—Estás equivocado, Axel. Tendremos algo mucho mejor.

—¿Qué quieres decir, tío?

—¡Una erupción!

—¿Pero no le parece terrible?

—No. ¡Es la única forma de regresar a la superficie!

Durante toda la noche seguimos ascendiendo por la chimenea del volcán. Nos conducía la fuerza producida por vapores acumulados en el interior de la tierra. Aparecieron llamas sulfurosas en nuestro camino. En vez de agua, había una masa de lava.

Por la mañana, la corriente de lava seguía arrastrándonos. A veces la balsa se detenía, pero de inmediato entraba en movimiento.

Nos impulsábamos cada vez con más fuerza hacia la cima y casi nos sofocamos debido al intenso calor.

Apenas recuerdo lo que sucedió después: varias explosiones y una avalancha de piedras hicieron girar vertiginosamente la balsa en un tornado de fuego.

¡Sanos y salvos!

Cuando abrí los ojos, Hans, mi tío y yo yacíamos en la ladera de una montaña, a dos pasos de un precipicio.

—¿Dónde estamos?, preguntó mi tío. Ciertamente no estábamos en Islandia. Sobre nuestras cabezas vimos el cráter de un volcán, del cual salían llamas, de cuando en cuando, junto con piedras pómez, cenizas y lava. Debajo había un bosque de higueras, olivos y viñas cargadas de uvas rojas. Más allá, veíamos las aguas de un mar o lago encantador, con pequeñas islas, un puerto y algunas casas.

—Vamos a descender. Estoy muerto de hambre y sed, dijo el profesor.

—¿Habremos llegado a Asia, a las costas de la India o tal vez a Oceanía?, pensé en voz alta.

—Pero, ¿y la brújula?, preguntó mi tío.

—Según ella, seguimos yendo hacia el Norte.

—¿Será que nos ha engañado?

Eso lo descubriríamos más tarde.

Tras dos horas de caminata, llegamos a un campo lleno de árboles frutales. Aprovechamos para deleitarnos con frutas frescas y saciamos la sed en una fuente cercana.

Después de descansar un poco, vimos que un niño surgía de entre dos olivos. Parecía asustarle nuestra apariencia, y con toda razón: estábamos sucios, casi desnudos y barbudos. Iba a huir, pero Hans corrió tras él y lo trajo a la fuerza.

—¿Cómo se llama esa montaña, amiguito?, preguntó mi tío en alemán.

El pequeño no respondió nada. Mi tío repitió la misma pregunta en inglés, francés y, por fin, en italiano. El niño se resistió un poco, pero terminó diciendo:

—¡Stromboli!

¡Entonces nos encontrábamos en Italia! Y ese volcán era sencillamente el temible y feroz Etna. ¡Qué maravilloso viaje habíamos hecho! Entramos por un volcán y salimos por otro.

Caminamos en dirección del puerto de Stromboli. Decidimos presentarnos como náufragos, pues sería difícil explicar que fuimos arrojados del seno del infierno. Mi tío todavía no se conformaba con el funcionamiento de la brújula.

El retorno

Unos pescadores nos proporcionaron ropa y comida.

Dos días después, un pequeño navío nos llevó hasta Messina.

El viernes 4 de septiembre nos encontrábamos a bordo del *Volturne,* un barco del servicio postal francés.

Tres días después llegamos a Marsella y, la noche del 9 de septiembre, finalmente a Hamburgo.

Marta y Grauben nos recibieron alegres y asustadas.

—¡Ahora que ya eres un héroe jamás volverás a abandonarme!, dijo mi querida novia.

La noticia de nuestro viaje al centro de la Tierra se había difundido por el mundo entero. La ciudad de Hamburgo dio una gran fiesta en nuestro honor.

En sesión pública, el profesor Lidenbrock hizo un relato de la expedición, omitiendo los datos relacionados con la brújula.

Donó el pergamino de Saknussemm a los archivos de la ciudad.

Se lamentó de no haber podido seguir el rastro del alquimista hasta el centro de la Tierra, modestia que sólo acrecentó su gloria.

Hans, el hombre que salvó mi vida en más de una ocasión, sin cuya ayuda no hubiéramos podido realizar aquella increíble expedición, regresó a Islandia, su tierra natal.

El relato del viaje se publicó en un libro, *Viaje al centro de la Tierra*, que tuvo un éxito enorme en todo el mundo y fue traducido a varias lenguas. Los diarios más ilustres del planeta publicaron sus principales episodios.

Mi tío, a pesar de la gloria que había alcanzado, seguía disgustado con el inexplicable fenómeno de la brújula. Para un hombre de ciencia era difícil admitir hechos que iban en contra de la razón. El destino, sin embargo, le reservaba una gran alegría.

Meses después, en su despacho, un día en el que yo me ocupaba de ordenar la colección de muestras minerales, encontré la brújula y comencé a examinarla. De pronto, me llevé una gran sorpresa. Grité y el profesor vino corriendo.

—¿Qué sucede, Axel?, preguntó.

—Esta brújula…

—¿Qué tiene?

—Los polos están invertidos.

Después de examinarla con cuidado, mi tío concluyó entusiasmado:

—¡Entonces eso fue! Probablemente todo ocurrió durante la tempestad en el mar de Lidenbrock, cuando aquella bola de fuego afectó todos nuestros instrumentos.

¡Lo sucedido con la brújula no pasaba de ser una broma eléctrica!

A partir de ese día, mi tío fue el más feliz de los hombres de ciencia. Y yo, el más feliz de los mortales, pues mi querida irlandesa se convirtió en mi esposa.

¿Quién fue Julio Verne?

Julio Verne nació en la ciudad de Nantes, Francia, el 8 de febrero de 1828; fue el hijo primogénito de Pierre y Sophie Verne.

Cursó la carrera de Derecho para acatar la voluntad de su padre, mas nunca ejerció la profesión. Desde muy joven mostró inclinación por las letras.

Trabajó con Alejandro Dumas y escribió varias piezas de teatro. Algunos años después empezó a escribir novelas, que inicialmente se publicaron como folletines. Su primer libro fue *Cinco semanas en globo,* publicado en 1863.

Sus obras más conocidas son *Veinte mil leguas de viaje submarino, La vuelta al mundo en ochenta días* y *Viaje al centro de la Tierra.*

Julio Verne fue un visionario que se interesó profundamente por los avances científicos de su época. Se le considera el padre de la ciencia ficción. Predijo la llegada del hombre a la Luna en su libro *De la Tierra a la Luna* y la creación de muchos inventos del siglo XX, entre ellos el helicóptero y el submarino.

Murió en la ciudad de Amiens, Francia, el 24 de marzo de 1905.

LAROUSSE

Viaje al centro de la Tierra

lectura clásica

A partir de
9 años

Adaptación al portugués: Lúcia Tulchinski
Ilustraciones: Cláudia Ramos
Traducción al español: Beatriz Mira Andreu y Mariano Sánchez-Ventura

ENCUENTRO CON LA LECTURA

El profesor Otto Lidenbrock, respetado hombre de ciencia alemán, encontró un misterioso pergamino en un libro antiguo. Después de descifrar el mensaje que contenía ese importante documento, llamó a Axel, su sobrino y asistente, para que juntos realizaran un fantástico viaje al centro de la Tierra.

Los personajes de esta historia

1 ¿Quiénes son los principales personajes de esta narración?

_____

2 Uno de los personajes principales contó esta historia. ¿Quién es el narrador?

_____

3 Observa las ilustraciones. ¿Puedes identificar a los personajes secundarios de esta historia? Relaciona las ilustraciones con las descripciones, después escribe en las líneas el nombre de cada personaje.

a)

_____

( ) Profesor de ciencias naturales que hospedó al profesor Lidenbrock y a su sobrino en Reykjavic.

b)

( ) Joven irlandesa, ahijada del profesor Lidenbrock y novia de su sobrino Axel.

_____

c)
_____

( ) Sirvienta del profesor Lidenbrock.

d)
_____

( ) Capitán del velero que llevó al profesor y su sobrino a Reykjavic.

e)
_____

( ) Guía islandés que acompañó al profesor y a su sobrino al centro de la Tierra.

Los hechos de la historia

 Cuando el profesor Lidenbrock descubrió el secreto del pergamino decidió vivir la misma aventura que Arne Saknussemm, llevando consigo a su sobrino Axel. Para llegar a Islandia, ambos recorrieron un largo camino.

Recordemos el trayecto que hicieron. Escoge las palabras que completen correctamente la narración.

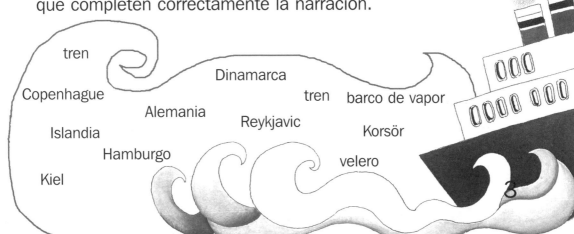

tren

Dinamarca

Copenhague

tren   barco de vapor

Alemania   Reykjavic

Islandia   Korsör

Hamburgo   velero

Kiel

3

a) Salieron temprano de _____ y tomaron el _____ hasta _____, en _____ .

b) Allí abordaron un _____ hasta _____, en _____, donde tomaron un _____ hasta _____, capital de aquel país.

c) Entonces esperaron algunos días hasta zarpar en _____ hasta _____, la exótica capital de _____, donde contrataron un guía local que los acompañó hasta el Sneffels y al centro de la Tierra.

② Enumera los hechos de acuerdo con el orden cronológico de la historia.

(   ) Pasaron algunos días en la capital islandesa y luego partieron rumbo al Sneffels.

(   ) Tras reparar la balsa, volvieron a lanzarse al mar y finalmente encontraron la entrada al centro de la Tierra.

(   ) Esperaron varios días hasta que el sol proyectó una sombra que señalaba el camino que debían seguir.

(   ) Hans construyó una balsa para cruzar el mar, donde se enfrentaron a monstruos prehistóricos.

(   ) Durante todo el trayecto a Reykjavic, el profesor sufrió de mareo y no salió de su camarote.

(   ) Axel se perdió al separarse de sus compañeros, se accidentó y tardó en encontrarlos.

(   ) Estuvieron cinco días sin agua y casi mueren de sed.

( ) Después de una larga caminata, pasaron su primera noche en el fondo del cráter.

( ) Al salir de una gruta encontraron un paisaje inesperado: mar, playa y árboles.

( ) En Copenhague, el profesor obligó a Axel a acostumbrarse al vértigo, haciéndolo subir a la altísima torre de una iglesia.

( ) Finalmente alcanzaron tierra firme, pero se dieron cuenta de que habían regresado al punto de partida.

( ) Llegaron a una encrucijada y el profesor escogió el camino erróneo. Después de caminar un largo trecho, tuvieron que regresar al punto de partida.

( ) Encontraron un manantial y pudieron proseguir el viaje.

( ) En la capital de Islandia, el profesor Lidenbrock procuró obtener más información sobre Arne Saknussemm.

Juega a ser escritor

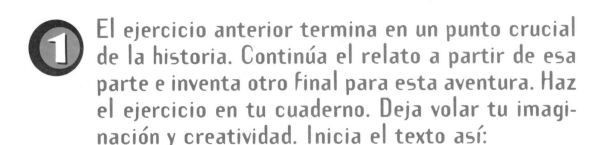

1 El ejercicio anterior termina en un punto crucial de la historia. Continúa el relato a partir de esa parte e inventa otro final para esta aventura. Haz el ejercicio en tu cuaderno. Deja volar tu imaginación y creatividad. Inicia el texto así:

Encontraron una entrada al centro de la Tierra, pero estaba tapada...

2 Imagina que eres el profesor Otto Lidenbrock. Escribe en tu cuaderno una página del diario de viaje, narrando el episodio donde Axel se separa del grupo y se pierde. Describe lo que el profesor sintió, lo que pensó hacer para encontrarlo y cómo fue el reencuentro.

3 Un **criptograma** escrito por un alquimista del siglo XVI dio inicio a esta increíble aventura. Inventa un criptograma y escribe un mensaje a un amigo. Puedes usar símbolos que representan letras, sílabas con letras cambiadas, o bien redactar al revés el mensaje (de modo que se pueda leer con un espejo). ¡Deja volar tu imaginación! Después, envía el mensaje a un amigo o amiga e intenta descifrar el que recibas como respuesta.

Un poco de historia

1 En el inicio de la narración, el profesor estaba fascinado con un libro del siglo XII. Axel preguntó si la impresión era bonita y el tío lo calificó de ignorante. ¿Por qué?

_____

_____

2 Los escritos del alquimista Arne Saknussemm fueron quemados en la hoguera por la Iglesia católica. Investiga en libros de historia qué sucedió en Europa, durante el siglo XVI, que indujo a los representantes religiosos a cometer estos actos.

_____
_____
_____
_____
_____
_____
_____
_____

Un siglo es igual a cien años y se representa con números romanos. Relaciona cada siglo con el periodo de años correspondiente.

XII	1501 a 1600
XIX	1101 a 1200
XVI	1801 a 1900

Siendo así, ¿en qué año se inició el siglo XX?

_____

¿Y el siglo XXI?

_____

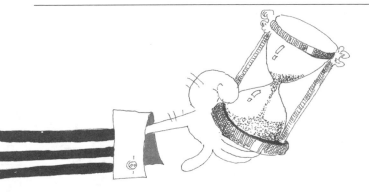

Un poco de geografía

En el siguiente mapa traza el camino recorrido inicialmente por los personajes de la fantástica expedición al centro de la Tierra.

ISLANDIA
Reykjavic

OCÉANO
ATLÁNTICO

MAR
DEL
NORTE

DINAMARCA

Copenhague

Körsor

Kiel

Hamburgo

ALEMANIA

9

Con la ayuda de un atlas, descubre en qué continente se localizan los países mencionados en la historia. Después, relaciónalos con líneas.

Alemania	América
Islandia	Europa
Italia	Asia
Dinamarca	África
Francia	Oceanía

Observa los letreros con los nombres de algunas ciudades y países que se mencionan en la historia. Indica en qué país se localiza cada ciudad, marcando los letreros del mismo color.

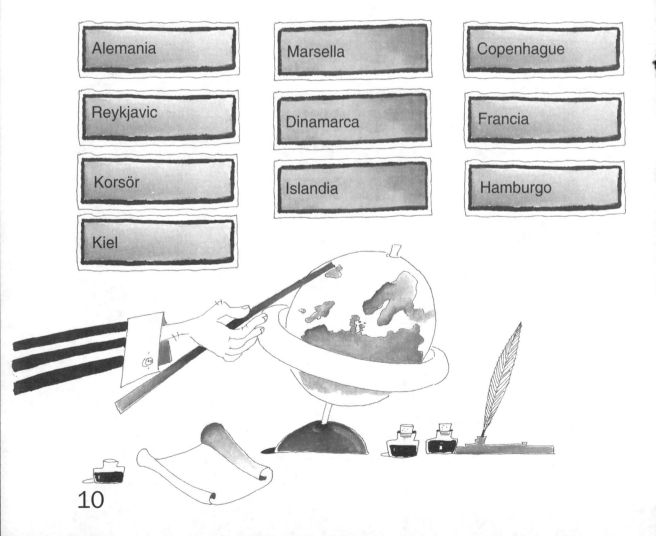

Alemania	Marsella	Copenhague
Reykjavic	Dinamarca	Francia
Korsör	Islandia	Hamburgo
Kiel		

4 Desde la cima del pico Scartaris, los tres viajeros observaron a lo lejos la costa de Groenlandia. Existen algunos datos curiosos respecto de esta isla. Investígalos y anota en las líneas lo que descubras.

_____

_____

_____

5 La parte principal de la historia sucede dentro del cráter de un volcán extinto. Investiga en libros de geografía qué significa la frase "un volcán extinto".

_____

_____

_____

6 Gracias a este relato, sabemos que hay volcanes en Islandia. En los países de América, ¿existen volcanes?

_____

_____

_____

11

Un poco de ciencia

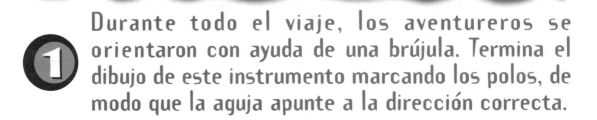

1 Durante todo el viaje, los aventureros se orientaron con ayuda de una brújula. Termina el dibujo de este instrumento marcando los polos, de modo que la aguja apunte a la dirección correcta.

2 De regreso a la playa del mar de Lidenbrock, los aventureros descubrieron que estaban caminando entre fósiles. Marca con una X la frase que explica qué son los fósiles.

( ) Los fósiles son pozos poco profundos.

( ) Los fósiles son animales prehistóricos que han sobrevivido hasta nuestros días.

( ) Los fósiles son los restos petrificados de animales o vegetales que datan de periodos geológicos prehistóricos.

( ) Los fósiles son diseños prehistóricos grabados en cavernas.

3 La historia menciona animales jurásicos que realmente existieron: el ictiosauro y el plesiosauro. Dibújalos de acuerdo con la descripción de Julio Verne.

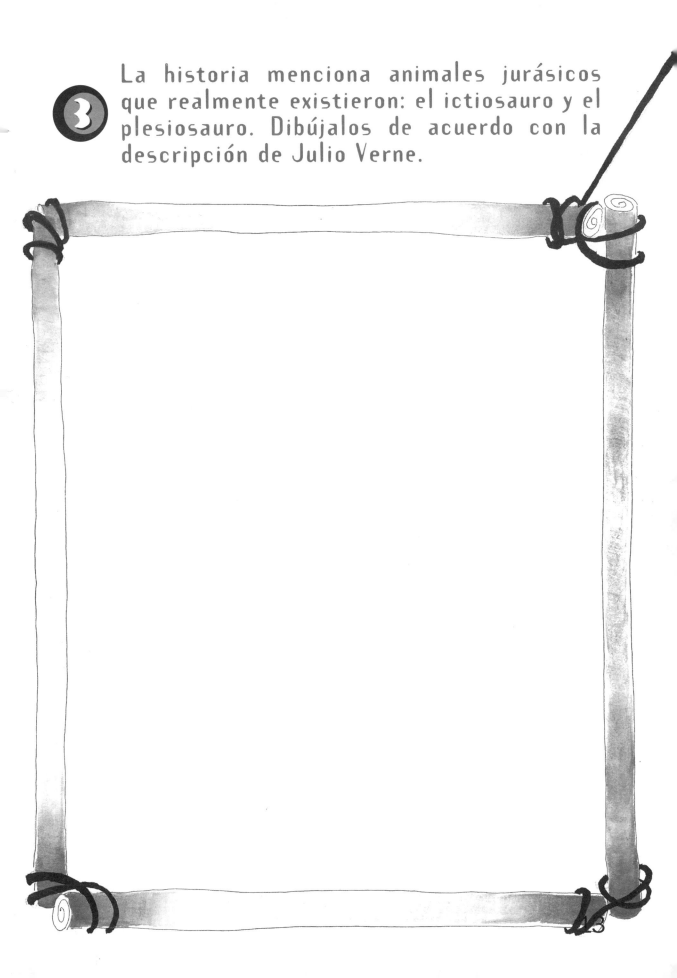

Un ser humano puede sobrevivir sin ingerir líquido aproximadamente setenta y dos horas. En la historia, tratándose de una ficción, los personajes lograron soportar más tiempo sin agua. ¿A cuántos días equivale ese número de horas?

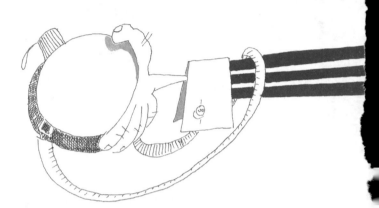

( ) dos días
( ) tres días
( ) cuatro días
( ) cinco días

 ¿Por qué afirmó Axel que la brújula fue alterada por una "broma" eléctrica?

( ) Porque las brújulas tienen una aguja magnética que siempre apunta al Norte, y la brújula de los personajes cambió de polo debido a un fenómeno eléctrico.
( ) Porque la brújula tuvo que ser desconectada del enchufe cuando descendieron dentro del volcán, y se descompuso.
( ) Porque su brújula fue expuesta a demasiada luz cuando salieron del cráter del volcán.

 ¿Crees posible que un ser humano sobreviva a una travesía sobre un mar de lava volcánica? ¿Por qué?

_____
_____
_____

Un poco de lengua española

1 Esta historia fue narrada en primera persona. Esto significa que:

(   ) la historia tiene un solo personaje.

(   ) una sola persona narra la historia.

(   ) el narrador de la historia es también un personaje de ésta.

2 En el tercer párrafo del primer capítulo, figura la descripción física de un personaje. Transcribe la frase y di a cuál personaje se refiere.

_____

_____

_____

3 Encuentra siete nombres propios en el primer capítulo y anótalos.

_____

_____

4 Escoge tres sustantivos de la pregunta anterior y relaciónalos con adjetivos adecuados, de acuerdo con la historia.

_____

_____

_____

5 En el curso de la historia aparecen algunos gentilicios. Descúbrelos en la sopa de letras, así como el nombre de los países a que se refieren. Luego, marca con el mismo color el gentilicio y el nombre del país (que es un nombre propio) al que se refiere.

I	A	Q	W	E	R	I	R	L	A	N	D	É	S	A
S	S	Y	U	O	T	V	B	H	U	I	J	P	T	Y
L	D	P	O	I	I	U	Y	T	R	F	M	I	J	P
A	X	I	R	L	A	N	D	A	F	E	C	S	M	G
N	J	H	D	Ñ	Z	E	O	L	Ñ	T	S	L	G	E
D	P	C	E	Q	S	Y	T	E	O	D	A	A	D	E
É	Z	X	S	W	V	T	P	M	P	R	K	N	C	A
S	Y	Q	G	E	L	O	E	Á	J	C	T	D	X	D
R	X	B	A	L	E	M	A	N	I	A	K	I	Y	C
E	Z	A	S	D	F	G	H	U	I	O	U	A	R	D

6 Lee las frases y clasifícalas escribiendo en los paréntesis la letra que corresponde, según la clave siguiente.

A. Interrogación
B. Exclamación
C. Afirmación
D. Afirmación imperativa

( ) ¡Un cráneo humano!
( ) Embarquen el martes a las siete de la mañana.
( ) ¿Un hombre inteligente, de confianza?
( ) Cuando la ciencia habla, callan los mortales.

16